বিজয়ার ইতিকথা ও অন্যান্য ছোটো গল্প

রাহুল মাইতি

উৎসর্গ

আমার মা, বাবা ও দিদি সবসময় গল্প লেখার জন্য প্রেরনা দিয়েছে, এখনও তারা আমাকে প্রেরনা দিয়ে যায় গল্প লেখার জন্য। তাই আমার লেখা এই বইটি আমি তাদেরকেই উৎসর্গ করলাম।

বিষয়বস্তু

১

বিজয়া - প্রথম অধ্যায়

২০ শতকের মাঝের সময়ের কথা, সিংহরায় বাড়ির ছোটো বউ বিজয়া। বাড়ির ছোটো বউ হলে কি হবে সংসারের চাবিকাঠি তো বিজয়ার হাতে দিয়েছে বিজয়ার শাশুড়ি। এই সংসারের চাবিকাঠি বিজয়ার হাতে যাওয়ার কারনেও অনেক ঝড় ঝাপটা গেছে। একটু পরিস্কার করে বলতে গেলে বাড়ির বাকি ছেলে ছেলের বউরা অনেক ঝগড়া করেছে। তবে ঝগড়া করেই যদি সব আদায় করা যেত তাহলে তো হয়েই যেত,বিজয়ার শাশুড়ি রাজনন্দিনী দেবী আবার খুব জাদরেল প্রকৃতির তিনি যা সিদ্ধান্ত নেন সেই সিদ্ধান্তে টিকে থাকেন।

এই তো গেল বিজয়া ও তার শাশুড়ির পরিচয় এইবারে শশুরের সাথেও পরিচয় করে নাও,বিজয়ার শ্বশুর, দেবনারায়ন সিংহ রায়, তার সমগ্র জীবনটাই জমিদারি ও দানধ্যান এ নিমগ্ন থাকতেন। তবে এই কথাখানা বলতেই হয় যেমন দেবনারায়ন সিংহ তেমনি তার স্ত্রী রাজনন্দিনী দুজনের মতো মানুষ এই দুনিয়ায় আর দুটি হয় না। দেবনারায়েনের তিনটি পুত্র ও পুত্রবধূ এবং একটি কন্যা ও জামাই।

বিজয়ার মনটা আজ বড় বিশাদে ভরা কারন তার মনে পড়ে গেছে ১০ বছরের পুরোনো সেই বিজয়ার কথা,যখন তার বিয়ে হয়নি। যখন তার

একটা স্বপ্ন ছিল নিজের জন্য কিছু করার। বিজয়ার স্বপ্ন ছিল শিক্ষিকা হবে এবং সবাইকে শিক্ষাদান করবে-কিন্তু সে গুড়ে বালি তা আর হল কই,সে তো মাত্র স্কুলের গন্ডিটুকু পার করেছে তারপর তো তড়িঘড়ি করে বিয়ে দিয়ে দেওয়া হল বিজয়ার।

বিজয়ার ইচ্ছেটা কিন্তু অন্ধকারে তীর মারার মতো ছিল না,সে পড়াশোনায় ভালো ছিল। তাই তার আজ ১০ বছর পার করে আসার পর আপসোস হয়। কারন বিজয়া এই ১০ বছরে কিছুই পায়নি। এই ১০ বছর শুধু সম্পত্তি নিয়ে কামড়াকামড়ি,লোকের ঠেস মারা কথা,সবার হুকুম তামিল করা,সবার খেয়াল রাখা এই সব নিয়ে কেটে গেল। নিজের জীবনের লক্ষ্য ইচ্ছা কিছুই পুরন করা হল না। কোনো দিন কি তার স্বপ্ন পুরন হবে ?

-বিজয়া ও বিজয়া,কোথায় গেলি! আয় সকলকে খেতে দে।।
ওই ডাক পড়ল বিজয়ার। বিজয়ার স্বপ্ন সত্যি স্বপ্ন হয়েই থেকেবে।

2

রক্ত হার - দ্বিতীয় অধ্যায়

বিজয়া জানলার দিকে অনেকক্ষন তাকিয়ে থাকার পর তার মনে হল যে তার বড় জা তাকে ডাকছে,সে তড়িঘড়ি ঘর থেকে বেরিয়ে যায়। বিজয়া ঘর থেকে বেড়িয়ে দেখে বাড়ির সকল পুরুষ খেতে বসেছে আর তাদেরকে ঠিক করে সব খেতে দেওয়া হচ্ছে কিনা তা বড় বউ ময়নামতী দেখছে।

"তা এতক্ষনে বুঝি তোর সময় হল ঘর থেকে বেরোনোর, শুধু কি গিন্নী সেজে থাকলেই হবে, গিন্নীর মতো কাজও তো করতে হবে তাই না"। ময়নামতী বলল।
"আসলে দিদি শরীরটা ভালো লাগছে না তাই ঘরে ছিলাম"। বিজয়া উত্তর দিল।

এরপরেই বিজয়ার শাশুড়ি তাকে ডেকে তার ঘরে নিয়ে যায়, সামনেই পুজো তাই মা দূর্গার গয়নাগুলো বার করবে বলে ডেকে নিয়ে যায় বিজয়ার শাশুড়ি। গয়না বার করতে করতেই হঠাৎ বলে ওঠে "জানো ছোটো বৌমা আমাদের এই বংশের একখানা হার ছিল, যার কাছে সংসারের দায়িত্ব থাকবে সে সেই হার পাবে, সেই হারের নাম রক্তহার"

কিন্তু সেই হার বিজয়ার শাশুড়ি বা দিদিশাশুড়ি কেউই পায়নি, কারন

বিজয়ার শশুড়ের দাদামশাই(ঠাকুরদা) চন্দ্রকুমার সিংহরায় বাড়ির সবার সেই হারের প্রতি লোভ দেখে লুকিয়ে রেখে গেছেন যা আজ অবধি কেউ খুজে পায়নি। তিনি বলেছিলেন যে এই হারের যোগ্য হবে সে ঠিক এই হার খুজে বার করবে।

"মা আপনি আর বাবামশাই যদি অনুমতি দেন তাহলে আমি সেই হার খুজতে চাই"। এই সব ঘটনা শুনে বিজয়া বলে ওঠে।
"খুজলে খোজো কিন্তু পাবে বলে মনে হয়না"। রাজনন্দিনী দেবী বলেন

এই সব কথা ময়নামতী ও শুনে ফেলে, সে ঘরে এসে বলে "যে হার কেউ খুজে পেল না সেই হার তুই খুজে বার করে ফেলবি ছেটো !!!"।
"খুজে ফেলবো তা তো বলিনি, কিন্তু চেষ্টা করতে তো অসুবিধা নেই, আমাদের বংশের ঐতিহ্য পেলে তো ভালোই হয়, তাই না !!!।

3

অকাল বোধনে অজ্ঞাত চিঠি – তৃতীয় অধ্যায়

আজ মহাষষ্ঠী। সন্ধ্যেবেলা মা দূর্গার বোধন হচ্ছে এমন সময় বাড়ির কর্তা দেবনারায়ন সিংহরায়ের কাছে এক অজ্ঞাত চিঠি আসে। সেই চিঠিতে শুধু একটি কথাই বড় বড় করে লেখা দশমী। দেবনারায়ন বাবু বুঝতে পারেন না এমন চিঠির কি মানে হতে পারে তাই একটু চিন্তিত হয়ে পড়েন তিনি। কিন্তু চিন্তিত হলেও পরে তিনি এই চিঠির কথা ভুলে যান পুজোর এত সব কাজকর্মের মধ্যে।

ওদিকে বিজয়া আবার সারা বাড়ি সেই রন্ধহার খুজেই চলেছে, কিন্তু সেই রন্ধহার আর খুজে পাচ্ছে না। এই সব দেখে ময়নামতী বিজয়াকে বলে "কিরে ছোটো পেলি সেই রন্ধহার ??? যা কোনোদিন কেউ পায়নি তা নাকি তুই পেয়ে যাবি, যতসব !!!"। এই বলে ময়নামতী চলে যায় কিন্তু বিজয়া এইসব দিকে গুরুত্ব দেয় না কারন তার এখন একটাই লক্ষ্য পরিবারের ঐতিহ্য খুজে বের করা।

সপ্তমীর দিন নবপত্রীকা স্নানের পর নবপত্রিকা স্থাপন ও হয়ে গেছে, ঠাকুর

দালানে বাড়ির সবাই আছে কিন্তু বিজয়া নেই। বিজয়া এখানে নেই তাহলে কোথায় সে!!!।

বিজয়াকে খুজতে যায় মেজোবউ ইন্দুমতী, গিয়ে দেখে একদম কেলেঙ্কারি কান্ড, বিজয়া চন্দ্রকুমার সিংহরায়ের ছবি দেওয়াল থেকে সরিয়ে সেই দেওয়ালের পেছনে একটা গুপ্ত দরজা পেয়েছে। আর বিজয়া সেই দেওয়াল ভেঙেও ফেলেছে। এই দেখে ইন্দুমতী জোরে জোরে ডাক দেয় "মা ও মা শিগ্গিরি আসুন এদিকে, ছোটো সব ভেঙে ফেলল", এই শুনে সবাই ছুটে আসে এসে দেখে তো সবাই স্তম্ভিত।

"ছোটো বউমা এ তুমি কি করছো", বিজয়ার শাশুড়ি বলে ওঠে
"এই সব বন্ধ করো এখুনি বউমা", দেবনারায়ন বাবু বলেন।
"বাবামশাই এই দেওয়ালের পেছনে একটা দরজা আছে দেখুন, আসুন", বিজয়া বলে।

সেই দরজার পেছনে সবাই গিয়ে দেখে এক কলসি স্বর্নমুদ্রা রাখা, যেই কলসির ভেতর থেকে বের হল একটা কাগজ যেই কাগজে লেখা,
"আছে রম্নহার
অন্ধকার চার দেওয়াল"

4

রহস্য সমাধান –চতুর্থ অধ্যায়

অষ্টমীর সকালে সবাই অঞ্জলি দিয়ে প্রসাদ খেয়েছে। সবাই বেশ আনন্দ করছে পুজোতে, কিন্তু চিন্তায় আছে একা বিজয়া। কাগজে লেখা ওই ধাধার কি মানে !!! কি করে খুজে বার করবে সেই রত্নহার, যা কিনা তার পরিবারের ঐতিহ্য। এই ভাবেই দেখতে দেখতে সময় চলে আসে সন্ধিপুজোর। সন্ধিপুজো শেষ হতেই হঠাৎ একটি কাগজে মোরা পাথর এর টুকরো এসে পরে দালানে। সেই কাগজ খুলে দেখল বাড়ির বড় ছেলে রাজেন্দ্র। সেই কাগজে লেখা দশমী। এই দেখে দেবনারায়ন বাবুর মনে পরে ষষ্ঠীর দিন ও ঠিক এমনি একটা চিঠি এসেছিল তার কাছে, কিন্তু কে পাঠাচ্ছে এমন চিঠি বারবার, তবে কি কোনো বিপদ আসতে চলেছে !!!!।

এই সব দেখার পর দেবনারায়ন বাবু আদেশ দেন "এখুনি এই মূহুর্ত থেকে লেঠেল পাইক সব বাড়িয়ে দাও"।

নবমীর দিন যজ্ঞ হচ্ছে, এমন সময় বিজয়ার মনে পড়ল যে বাড়ির বাইরে পেছন দিকে একটি আলাদা করে ঘর আছে, যে ঘরে কারোর যাওয়ার অনুমতি নেই কারন সেই ঘর নাকি অভিশপ্ত, এই কথাখানা বলেছিলেন চন্দ্রকুমার সিংহরায়। এখন চিন্তা করলেই বিজয়ার সন্দেহ হচ্ছে ওই ঘর সত্যি অভিশপ্ত !!!!

এই ব্যাপারে তাদের কুলপুরোহিতের বাবা যিনি আগে পুজো করতেন তিনি নিশ্চয়ই কিছু বলতে পারবেন, কারন সেই বলেছিল চন্দ্রকুমার সিংহরায়কে এই কথা। আজ তিনি এসেছেন, তাই বিজয়া সময় নষ্ঠ না করে সকলের সামনেই গিয়ে তাকে জিজ্ঞাসা করে "ওই ঘর কি সত্যিই অভিশপ্ত ??"।

"তুমি কি বলছ আমি কিছুই বুঝতে পারছিনা বউমা", পুরোহিত বললেন।

"বাড়ির পেছন দিকে যেই ঘর আছে তা কি সত্যিই অভিশপ্ত নাকি রত্নহার ওই ঘরে রাখা আছে বলে ভুয়ো খবর ছরানো হয়েছিল"। বিজয়া বলল

"তুমি যখন সব জেনেই গেছো তখন আর এত বছরের সত্যি আর লুকোবো না, হ্যা ওই ঘরেই রত্নহার আছে আর ওই ঘর অভিশপ্ত এই কথা সম্পূর্ন মিথ্যে", পুরোহিত বললেন।

তার মানে 'অন্ধকার ঘর' বলতে বোঝানো হয়েছে বাড়ির পেছনের সেই ঘরটা।

এই শুনে বাড়ির সবাই তো একেবারে চমকে উঠেছে, এ কি কথা বললেন ঠাকুরমশাই।

"আপনি এত বছর ধরে এত বড় কথা লুকিয়ে রেখেছিলেন কেন ??", দেবনারায়ন বাবু জিজ্ঞেস করলেন।

"আমাকে জমিদার দাদামশাই চন্দ্রকুমার বাবু বলতে বলেছিলেন কারন তিনি চাননি একটা হারের জন্য তার পরিবার ভেঙে যাক আর এই কথাও বলেছিলেন যে এই হারের উপযুক্ত সে ঠিক খুজে বার করবে এই হার"। পুরোহিত বললেন।

এই সব শোনার পর বিজয়া সেই রত্নহার খুজতে যায় সেই ঘরে তার পেছন পেছন বাড়ির বাকি সদস্যরাও যায়, গিয়ে দেখে পেয়ে গেছে বিজয়া সেই রত্নহার। লাল সবুজ রত্ন বসানো অপরূপ সুন্দর সেই হার শেষ অবধি বিজয়া খুজে বার করতে সফল হয়েছে। বিজয়া নিজের পরিবারের ঐতিহ্য খুজে পেয়েছে শেষ অবধি।

"এই হার আজ থেকে তোমার বউমা", রাজনন্দিনী দেবী বললেন।

"না মা এই হার আমি নেবো না এই হার আপনি আলমারিতে রেখে দিন, এই হার পরিবারে ঝগরা সৃষ্টি করেছিল, তাই এই হারের আলমারিতে থাকাই ভালো, এই হার খুজে বার করা পরিবারের ঐতিহ্য বাচিয়ে রাখার জন্য", বলল বিজয়া।

এই কথা শুনে বিজয়ার শাশুড়ির গর্ব হল মনে মনে ভাবলেন, একদম ঠিক বউয়ের হাতেই তিনি সংসারের দায়িত্ব দিয়েছেন।

5

শুভ বিজয়া – পন্চম অধ্যায়

আজ দশমী মা দূর্গার বিদায় বেলার সময় এসেছে,তাই সবার মন আজ একটু বিশাদে ভরা।ঠিক দুপুরবেলায় শুরু হল মা দূর্গা কে বরণ করা, সিংহরায় বাড়ির নিয়ম যতখন মায়ের বরন চলবে সিদুরখেলা চলবে ততক্ষন ঢাক বাজা থামবে না। বরণের সাথে সাথেই চলতে থাকল সিদুরখেলা।ঠিক এমন সময় খবর এলো পাশের গ্রামের জমিদার নাকি সিংহরায় পরিবারের সব জমি দখল করে নিচ্ছে,আর তারা তাদের সব পাইক লেঠেল নিয়ে এসেছে। এই শুনে সিংহরায় বাড়ির সকল পুরুষ সব লেঠেল নিয়ে গেল নিজেদের জমি জায়গা রক্ষা করতে। রেখে গেল মোট চারটি লেঠেল, বাড়িতে সব মহিলারা সিদুরখেলছে ঢাকও বাজছে,এমন সময় চারটি লেঠেলকে আটক করে বাড়ি ঢুকল রঘু ডাকাতের দল ডাকাতি করতে।সব মহিলারা ভয় পেয়ে থমকে দাড়াল।রঘু ডাকাত ডাকাতি করতে এগোবে ঠিক এমন সময় বিজয়া মা দূর্গার হাত থেকে খড়গ হাতে তুলে নেয়, এবং শুরু করে রঘু ডাকাতের সাথে যুদ্ধ তার সাথে সাথেই বাজতে থাকে ঢাক, সেই দেখে বাড়ির বাকি মহিলারাও সাহস পায়, তারাও মা দূর্গার একটি করে অস্ত্র নেয় এবং যুদ্ধ করে রঘু ডাকাতের দলের সাথে।ওদিকে জমিদার মশাই গিয়ে দেখে মিথ্যে সংবাদ দিয়ে তাদের লেঠেল সহ বাড়ি থেকে সরিয়ে ফেলা হয়েছে, কারন কোথাও কিছু হয়নি, কেউ তাদের জমি দখল করতে আসেনি। তখনই সে তড়িঘড়ি সকলকে নিয়ে বাড়ির দিকে রওনা হয়।জমিদার মশাই বাড়ি পৌছে

দেখে বাড়ির সকল স্ত্রী ডাকাতদের সাথে যুদ্ধ করছে,তার সাথে বেজে চলেছে ঢাক সব মিলিয়ে তৈরী হয়েছে এক উত্তেজনা ভরা দৃশ্য। এই সব দেখে তখনি লেঠেলরা রঘু ডাকাতকে আটক করে বন্দি করে নেয়। তারপরে সকল পুরুষরা মিলে প্রতিমা বিসর্জন দিয়ে আসে। শুরু হল শুভ বিজয়ার পর্ব।শেষে সবাই বলে উঠল বিজয়া না থাকলে এই বিজয়াটা শুভ বিজয়া হত না।

6

জন্মদিনের চমক –
ষষ্ঠ অধ্যায়

পুজো কেটে গেছে অনেকদিন হয়েছে, হাওয়ায় বেশ একটা শীত শীত আমেজও এসে গেছে। বিজয়া শীতের পোশাকগুলো বের করে রোদে দেবে, ঠিক এমন সময় বিজয়ার ছেলে ছুটে এসে আবদার করে বলল - "মা ও মা মা বেশ একটু শীত শীত পরেছে মা, একটু গুরের পায়েস বানাও না মা"। ছেলের এই মিষ্টি আবদার বিজয়া ফেলবে কেমন করে, তাই বলল - " আচ্ছা মানিক করে দেবো"।

বিজয়া রান্নাঘরের দিকে যাচ্ছে ঠিক এমন সময় বিজয়ার স্বামী তাকে ডেকে ঘরে নিয়ে যায়, বিজয়ার স্বামী অর্জুন সিংহরায়। " তা কি হয়েছে বলবে অমন করে ডেকে নিয়ে এলে কেন", বিজয়া বলে উঠল।
"তোমার জন্য একখানা সিতাহার গড়িয়ে এনেছি, তোমার আজ জন্মদিন তো তাই", অর্জুন বলল।
"তোমার !! তোমার মনে আছে আজ আমার জন্মদিন !!", বিজয়া বলল।
"তা মনে থাকবে না, আজ অবধি এমন কোনোদিন হয়েছে যে আমি তোমার জন্মদিন ভুলে গেছি", অর্জুন বলল।
" না" - বিজয়া বলল।

আসলে সংসারের ভালোমন্দ দেখতে দেখতে বিজয়া নিজেকেই ভুলে গেছে,

তাই আজ যে বিজয়ার জন্মদিন তা নিজে বিজয়াই ভুলে গেছে। তা শুধু যে এই বছর ভুলে গেছে তা নয় প্রতি বছরই বিজয়ার জন্মদিন তার বর উপহার দেওয়ার পর বিজয়ার মনে পরে।

এর পরে যখন বিজয়া রান্নাঘরে যায় তখন সেখানে বড় বউ, মেজো বউ, দুই বউই উপস্থিত। ময়নামতী আবার শুরু করেছে বিজয়াকে ঠেস মেরে কথা বলা, " বাবাহ !! তালে গিন্নীমার সময় হল সংসারের দিকে খেয়াল দেওয়ার", ময়নামতী বলে।
"অমন করে কেন বলছো দিদি", ইন্দুমতী বলল।
"কি করব বল মেজো!! বউ-এর জন্মদিন এত মাতামাতি আদিখ্যেতা করতে তো কাউকে কোনোদিন দেখিনি, তাই আর কি.....", ময়নামতী বলে।
এই সব শুনে বিজয়া বুঝে যায় যে বড় বউ আরাল থেকে সব কথা শুনেছে, সব বুঝে শুনেও বিজয়া চুপচাপ ময়নামতীর সব ঠেস মারা কথা শুনে নেয়।

বিজয়া গুরের পায়েস বানাচ্ছে এমন সময় তার শশুরমশাই বৈঠকখানায় ডেকে পাঠায়। বিজয়া পায়েসটা নামিয়ে গিয়ে দেখে এক অত্যন্ত চেনা এক মুখ, যে মুখ বিজয়া কোনোদিনও ভুলবে না।

7

চেনা অতিথির আগমন – সপ্তম অধ্যায়

"মাস্টারমশাই আপনি !!!", একটু চমকেই বলে উঠল বিজয়া।

"হ্যা বিজয়া আমি", মাস্টারমশাই বলল।

"কেমন আছেন মাস্টারমশাই ?", বিজয়া বলল।

আজ মাস্টারমশাই বিজয়ার শশুরবাড়িতে কেন এলেন !!!, আজ ১০ বছর ধরে যেই মানুষটা কোনোদিনও বিজয়ার কোনো খোজ নেয়নি, হঠাৎ আজ এখানে এই ভাবে কেন !!! এই একটাই প্রশ্ন বারবার বিজয়ার মনে ঝর তুলছে। মাস্টারমশাই তো বিজয়ার সাথে কোনো যোগাযোগই রাখতে চাননি।

এই যোগাযোগ না রাখার পেছনে মূল কারন ছিল বিজয়ার বিয়ে। মাস্টারমশাই চেয়েছিলেন বিজয়া পড়াশোনা শেষ করুক আর বিজয়ার দেখা শিক্ষীকা হওয়ার স্বপ্ন যেন বিজয়া পুরন করে। মাস্টারমশাই বিজয়ার বাড়ির লোকেদের অনেক বোঝানোর চেষ্টা করেছিলেন বিজয়ার বিয়ে না দিয়ে তারা যেন বিজয়ার পড়াটা শেষ করতে দেন। কিন্তু বিজয়ার বাড়ির লোক একটা কথাও শোনে নি, আর বিজয়া বাড়ির লোকের কথা মেনে বিয়েতে রাজি হয়ে

যাওয়ায়, মাস্টারমশাই রাগে বিজয়ার সাথে কোনোরকম যোগাযোগ রাখতে চাননি। কিন্তু বিজয়ার বিয়ের আগে মাস্টারমশাই বিজয়াকে নিজের মেয়ের মতো স্নেহ করতেন।

"ভালো আছি বিজয়া", মাস্টারমশাই উত্তর দিলেন।

"আজ আমি এখানে এসেছি একটা বিশেষ কারনে বিজয়া, তুমি আবার পড়াশোনাটা শুরু করতে পারো না বিজয়া !!! বাকি পড়াটুকু শেষ করে নাও বিজয়া আর নিজের স্বপ্ন পুরন করো", মাস্টারমশাই বললেন।

"এতগুলো বছর পর কেন আবার এই সব কথা বলছেন মাস্টারমশাই, আমার এই স্বপ্ন তো কোনোদিনও পুরন হওয়ার ছিল না, আমার শিক্ষিকা হওয়ার স্বপ্ন এখন আর পুরন হওয়ার নয়", বিজয়া বলে।

আসলে মাস্টারমশাই শুধু শুধু এই কথাগুলো বলতে আসেনি, আজ মাস্টারমশাই-এর আরেক ছাত্রীরও বিজয়ার মতো বিয়ে ঠিক হচ্ছিল কিন্তু মাস্টারমশাই ঠিক সময় গিয়ে সেই ছাত্রীর বাড়ির লোককে বোঝাতে তারা বুঝে তাদের মেয়েকে বিয়ে না দিয়ে পড়াবে বলে ঠিক করেছে, তাই মাস্টারমশাই বিজয়াকেও বোঝাতে এসেছেন আবার পড়া শুরু করার কথা। শুধু তাই নয় মাস্টারমশাই নিজের স্কুলে বিজয়াকে শিক্ষিকা হিসেবে নিযুক্ত করতে চান, তার ধারনা বিজয়ার মতো ভালো শিক্ষিকা আর দুটি হবে না।

এই পুরো ঘটনা আর মাস্টারমশাই-এর বিজয়াকে শিক্ষিকা হিসেবে নিযুক্ত করার কথা শুনে বিজয়া সম্পূর্ণরুপে হতবাক, সে যে কি বলবে কি করবে কিছুই বুঝে উঠতে পারে না। তবে এই সব কথা শুনে বিজয়ার কিছু বলার দরকার পরে না তার আগেই বৈঠকখানায় উপস্থিত থাকা দেবনারায়ন বাবু মাস্টারমশাইকে উত্তর দিয়ে দেন, "আমার বাড়ির বউ কিনা বাড়ির বাইরে বেরিয়ে পড়াশোনা শিখবে !!!! তারপর আবার আপনার স্কুলে শিক্ষিকা হবে !! আপনার কি মাথাটা একেবারে খারাপ হয়ে গেছে মশাই, বাড়ি বয়ে এসে বাজে বকছেন"।

"মাথা আমার খারাপ হয়নি দেবনারায়ন বাবু, আপনি জানেন না আপনার বাড়ির বউ-এর কতটা পড়াশোনা করার বুদ্ধি আছে তাই আপনি এই কথাগুলো বলছেন", উত্তর দেন মাস্টারমশাই।

"আমি জানতে চাইও না, আমার বাড়ির বউ কোথাও যাবে না, এটাই আমার শেষ কথা !!! এবার আপনি আসতে পারেন", দেবনারায়ন বাবু বললেন।

"ঠিক আছে আজ আমি চলে যাচ্ছি, কিন্তু বিজয়া আমি তোমার উত্তরের অপেক্ষায় থাকব", মাস্টারমশাই বলেন।

বিজয়া মাস্টারমশাইয়ের কথা শুনে কিছুই বলে না। শুধু ভাবতে থাকে সত্যিই কি সে আবার পড়াশোনা শুরু করতে পারে, এখনও কি বিজয়ার স্বপ্ন পুরন হওয়া সম্ভব নাকি সবই কথার কথা।

4

এক কঠিন সত্য –
অষ্টম অধ্যায়

অনেক রাত হয়েছে বাড়ির সবাই খাওয়া দাওয়া করে যে যার ঘরে ঘুমোতে চলে গেছে, বিজয়া ও নিজের ঘরেই আছে কিন্তু বিজয়ার ঘুম আসছে না, তার মনে শুধু একটাই কথা চলছে , বিজয়ার স্বপ্ন কি সত্যিই এখনও পুরন হওয়া কি সম্ভব, কারন বিজয়া তো সব আশাই ছেড়ে দিয়েছিল, এখন যদি সে আবার স্বপ্ন দেখতে শুরু করে সেই স্বপ্ন আবার ভেঙে যাবে না তো।

বিজয়াকে জেগে থাকতে দেখে অর্জুন বিজয়াকে গিয়ে বলে, "কি হল বিজয়া তোমার ঘুম আসছে না ?"।
"না, আসলে একটা কথা ভেবে ভেবে ঘুম আসছে না", বিজয়া বলে।
"কি কথা বিজয়া", অর্জুন জিজ্ঞাসা করে।
এরপরেই বিজয়া মাস্টারমশাই-এর আসার পুরো ঘটনাটা খুলে বলে অর্জুনকে। সব কথা শুনে অর্জুন তো ভীষন খুশি তার স্ত্রী আবার পড়াশোনা করবে শিক্ষিকা হবে এই ভেবে অর্জুন তো খুব খুশি।
"কিন্তু বাবা তো রাজি নন, বাবা অনুমতি না দিলে আমি আবার পড়াশোনা কি করে করব আর বাড়ির অন্যরাও কেউ মানবে বলে মনে হয় না তাই এই সব কথা ভুলে যাওয়াটাই শ্রেয়", বিজয়া বলল।
"না ভুলবে না আমরা দুজনে মিলে কাল সকালে সবাইকে রাজি করাবো, তুমি আবার পড়বে বিজয়া, তোমার মাস্টারমশাই-এর কথা শুনে মনে হল তুমি

অত্যন্ত বুদ্ধিমতী ছাত্রী ছিলে, তাই তুমি আবার পড়বে, আর আমি আর তুমি মিলে সবাইকে রাজি করাব", অর্জুন বলল।

অর্জুনের এই সব কথা শুনে বিজয়া বুকে বল পেলো, তার মনে হল যে এখনও বিজয়ার কাছে সুযোগ আছে তার স্বপ্ন সত্যি করার।

সকাল হয়েছে, সকল পুরুষ জলখাবারের জন্য বসেছে, ঠিক এমন সময় অর্জুন বলল, " তোমাদের সকলের সাথে একটা কথা বলার ছিল"।

তখন অর্জুনের মেজদা, বাড়ির মেজো ছেলে মহেন্দ্র জিজ্ঞাসা করে, "কি কথা বল আমাদের"।

"আমি আর বিজয়া দুজনেই চাই বিজয়া আবার নিজের পড়াশোনা শুরু করুক আর নিজের দেখা শিক্ষিকা হওয়ার স্বপ্ন পুরন করুক", অর্জুন বলল।

এই কথা শোনা মাত্রই রণক্ষেত্ররূপ ধারন করল বাড়ির পরিবেশ। এক এক করে বাড়ির সবাই নিজের মতামত জানাতে লাগল আর অর্জুন বাড়ির লোকেদের বিজয়ার পড়াশোনা করার জন্য বোঝাতেই লাগল, কিন্তু বাড়ির সবার এক মতামত বিজয়া পড়াশোনা করবে না, এই সব কথার মধ্যে বিজয়া কেমন যেন হারিয়ে যায় সে ভাবতে থাকে যেই বাড়ির লোকেদের জন্য এত কিছু করল, যেই বাড়ির লোকেদের এত সম্মান করল, সেই বাড়ির লোকেদের কাছে বিজয়ার মনের ইচ্ছার কোনো মূল্য নেই। বিজয়ার স্বপ্নের কোনো মর্যাদা নেই এই বাড়ির লোকেদের কাছে, এটাই কঠিন সত্য। শুধু তাই নয় বিজয়া যে শিক্ষিকা হওয়ার স্বপ্ন আবার দেখেছে, বাড়ির লোকেদের মতে অনেক বড় অপরাধ করেছে বিজয়া। এই সব শুনে ভেবে বিজয়ার মন টুকরো টুকরো হয়ে ভেঙে যাচ্ছে, বাড়ির লোকের এক একটা কথা কাটার মতো ফুটছে বিজয়ার মনে।

শেষে এই রণক্ষেত্র শান্ত হয় দেবনারায়ন বাবুর একটা কথায়, "ছোটো বউমা পড়াশোনা করবে না, এটাই আমার শেষ কথা", এই বলে দেবনারায়ন বাবু জলখাবার ছেড়ে উঠে পড়েন। আর এই কথা শোনার পর অর্জুনও খাবার ছেড়ে উঠে চলে যায়, তারপরে বাকি সবাই এক এক করে খাবার না খেয়েই যে যার নিজে কাজের জন্য বেড়িয়ে যায়।

" হল তো শান্তি ছোটো, কারোর সকালের খাওয়া হল না তোর জন্য",

ময়নামতী বলল।

" সকাল সকাল এই পড়াশোনা নিয়ে আদিখ্যেতাটা না করলেই পারতে ছোটো বউমা", রাজনন্দিনী দেবী বলল।

বিজয়া কোনো কথা না বলে নিজের ঘরে চলে গেল কারন সে আজ এক কঠিন সত্যের সম্মুখিন হল।

৯

সিদ্ধান্ত – নবম অধ্যায়

ঘরে গিয়ে অঝোরে কাদতে লাগে বিজয়া, সে আর ধরে রাখতে পারল না নিজের মনের কষ্টটা, সে মনে মনে ভাবতে থাকে দ্বিতীয়বারের জন্য আবার বিজয়ার স্বপ্ন ভেঙে চুরমার হতে চলেছে, কি করবে এবার বিজয়া, কি করার আছে তার। অনেক ভেবে ভেবে বিজয়ার মনে হল যে নাহ সে আর চুপ করে নিজের স্বপ্নকে আবার ভেঙে যেতে দেবে না, সে যখন দ্বিতীয়বার স্বপ্ন দেখেছে তখন সেই স্বপ্ন সত্যি করবেই বিজয়া এবার।

সন্ধেবেলা সবাই নিজের কাজ থেকে বাড়ি ফিরে এসেছে, সন্ধের জলখাবার খেতে দেওয়া হয়েছে এমন সময় বিজয়া নিজের ঘর থেকে বেড়িয়ে সবার সামনে আসে।

"এতখন কোথায় ছিলিস ছোটো ?", ইন্দুমতী জিজ্ঞেস করে।

"আরে বুঝলি না মহারানি সকালে সবার খাওয়া দাওয়া মাটি করে তার অভিমান হয়েছে দেখাচ্ছিল, যত সব আদিখ্যেতা", ময়নামতী বলে।

কিন্তু এই সব কোনো কথাতেই কোনো গুরুত্ব দেয়না বিজয়া, সে সবার সামনে গিয়ে তার শশুরমশাইকে গিয়ে বলে, "বাবা আমি আবার নিজের পড়াশোনা শুরু করতে চাই"।

"ছোটো বউমা আমি কিন্তু বলে দিয়েছি আমার মতামত, আমার অনুমতি নেই", দেবনারায়ন বাবু বলেন।

"কিন্তু বাবা এটা আমার সারা জীবন ধরে দেখা একটিমাত্র স্বপ্ন, এই স্বপ্ন আমি আবার ভেঙে যেতে দেবো না বাবা", বিজয়া বলে।

"তবে কি তুমি তোমার শশুরমশাই-এর কথা অমান্য করবে তোমার এতদূর স্পর্ধা দেখে আমি অবাক হচ্ছি ছোটো বউমা", রাজনন্দিনী দেবী বলেন।
"তুমি যদি তোমার পড়াশোনা আবার শুরু করো তালে এই বাড়িতে তোমার কোনো জায়গা নেই, নয় তুমি পড়াশোনা করবে আর এই বাড়ি ছেরে চলে যাবে, নাহলে তুমি এই বাড়িতেই থাকবে কিন্তু পড়াশোনা চিরকালের জন্য ভুলে যেতে হবে, এবারে সিদ্ধান্ত তুমি নেবে", দেবনারায়ন বাবু বলেন।
"হ্যা হ্যা আমরা সবাই একমত", পরিবারের সকলে বলে ওঠেন।

এই সব কথা শুনে বিজয়ার মনে হচ্ছে তার পায়ের তলা থেকে যেন মাটি সরে গেল, যেই পরিবারের জন্য এত কিছু করল বিজয়া, সেই পরিবার তাকে ত্যাগ করার একটি বারও ভাবল না, এক বারের জন্যেও নয়। তাই বিজয়া নিজের মন শক্ত করে এক কঠিন সিদ্ধান্ত নিলো, সে বলল, " আমি আবার পড়াশোনা করবো"।

এই শুনে বাড়ির সবাই চুপ করে গেল, বাড়ির পরিবেশ এক নিমেষে ঠান্ডা পরে গেল।
"তালে কাল সকালে তুমি এই বাড়ি ছেড়ে চলে যাবে বিজয়া আর সংসারের চাবি আমাকে দিয়ে যাবে", রাজনন্দিনী দেবী বলেন।
"ঠিকাছে মা", বিজয়া বলে।

10

যার শেষ ভালো তার সব ভালো – দশম অধ্যায়

সকাল হয়ে গেছে আর আজ বিজয়ার বাড়ি ছেড়ে চলে যাওয়ার দিন। দেবনারায়ন বাবু আর রাজনন্দিনী দেবী দুজনে অতগুলো কথা সবার সামনে বিজয়াকে বলে তো এসেছিলেন, কিন্তু আজ তাদের মন বড়ই অস্থির, তারা মন থেকে কিছুতেই মেনে নিতে পারছে না যে তাদের আদরের ছৌটো বউকে তারা বাড়ি থেকে বের করে দিচ্ছে।

ওদিকে বিজয়ারও মন মানছে না এই বাড়ি ছেড়ে চলে যাওয়াতে। তার বারবার মনে পরছে দশ বছর আগে এই বাড়িতে তার নতুন বউ হয়ে আসার কথা, তার শাশুড়িমা তাকে বরণ করে ঘরে তুলেছিল। তার কয়েক বছরের মধ্যেই তার হাতে এই সংসারের দায়িত্ব তুলে দেন, এই সংসারের ভালোমন্দ দেখার দায়িত্ব সবই ছিল বিজয়ার, কিন্তু আজ তাকে এই বাড়ি চিরকালের জন্য ছেড়ে চলে যেতে হবে। তবুও মন শক্ত করে বিজয়া নিজের সব জিনিস গুছিয়ে নেয়।

দেবনারায়ন বাবু ও রাজনন্দিনী দেবী তাদের ঘরে আছেন ঠিক এমন সময়

বাড়ির মেজো বউ ইন্দুমতী ও বাড়ির ছোটো ছেলে অর্জুন ঘরে আসে।

"মা তোমাদের সাথে কিছু কথা আছে", অর্জুন বলল।

"শোন বাবা যদি ছোটো বউমাকে নিয়ে কোনো কথা হয় তাহলে আমরা কোনো কথা বলতে চাই না", রাজনন্দিনী দেবী বলেন।

"না মা আমরা বলতে এসেছিলাম কোনো বড় ভুল হয়ে যাচ্ছে না তো", ইন্দুমতী বলে।

"তুমি কি আমাদের সিদ্ধান্তের দিকে প্রশ্ন তুলছো মেজো বউমা", দেবনারায়ন বাবু বলেন।

"না বাবা আমি অমন ভাবে কথাগুলো বলিনি বাবা", ইন্দুমতী বলে।

"তালে তুমি ঠিক কি বলতে চাইছো একটু পরিস্কার করে বলো দেকিনি বাছা", রাজনন্দিনী দেবী বলেন।

"মা বিজয়া এই পরিবারের সদস্য, বিজয়া এই পরিবারের বউ তাকে কি ত্যাগ করাটা ঠিক আপনারাই বলুন", ইন্দুমতী বলে।

রাজনন্দিনী দেবী কিছু বলতে যাবেন তার আগেই অর্জুন বলে ওঠে, "শুধু তাই নয়, বিজয়া সবসময় নিজের আগে এই পরিবার এই বাড়ির কথা ভেবেছে, বিজয়া না থাকলে রত্নহারও উদ্ধার হতো না আর দশমীর দিন ডাকাতদের হাত থেকেও রক্ষা হতো না"।

"বিজয়া তো এতগুলো বছর ধরে শুধু পরিবারের কথাই ভেবে গেছে, এই প্রথম সে নিজের জন্য কিছু করবে বলে ঠিক করেছে, তাই আমাদের কি উচিৎ নয় ওকে ত্যাগ না করে ওর পাশে দাড়ানো", ইন্দুমতী বলে।

"আমাদের এইটুকুই বলার ছিল, তোমরা গুরুজন এরপরে যা সিদ্ধান্ত নেবে তাই মেনে নেবো আমরা", অর্জুন বলে।

এই বলে অর্জুন ও ইন্দুমতী ঘর থেকে চলে যায়।

শেষ পর্যন্ত সেই সময় এসে উপস্থিত যখন বিজয়াকে বাড়ি ছেড়ে চলে যেতে হবে। বিজয়া বাড়ি থেকে চলে যাবে ঠিক এমন সময় দেবনারায়ন বাবু বলেন, "দাড়াও ছোটো বউমা তোমার এই বাড়ি থেকে আর যাওয়া হবে না"।

"কিন্তু বাবা আমি তো পড়তে চাই", বিজয়া বলে।

"আমি তো তোমাকে পড়তে বারন করছি না ছোটো বউমা", দেবনারায়ন বাবু বলেন।

"মানে !!", বিজয়া বিস্মিত হয়ে বলে।

"আমি ও তোমার শাশুড়িমা নিজেদের ভুল বুঝতে পেরেছি, বলা উচিৎ মেজো

বউমা ও অর্জুন আমাদের চোখ খুলে দিয়েছে, সত্যিই তো তুমি এই পরিবারের জন্য কত কিছু করেছো আর আমরা তোমার একটিমাত্র ইচ্ছা পুরন করতে না দিয়ে তোমাকে ত্যাগ দিচ্ছিলাম !!!!, তাই আমরা সিদ্ধান্ত নিয়েছি তুমি আবার পড়বে আর এই বাড়ি থেকেই পড়বে এবং শিক্ষিকা হবে", দেবনারায়ন বাবু বলেন।

এই শুনে বিজয়া কি বলবে বুঝে উঠতে পারে না, তার মনে এখন বাধভাঙা আনন্দ। সে শুধু বলে, "সত্যি বাবা ??"।

"হ্যা বউমা একদম সত্যি", দেবনারায়ন বাবু বলেন।

শেষ অবধি বিজয়ার দেখা স্বপ্ন আজ সত্যি হতে চলেছে। তার বাড়ির লোক শেষ পর্যন্ত তার স্বপ্নের দাম দিলো। এইটুকুই শুধু ভাবে বিজয়া শেষে।

11

লোডশেডিং দাদু

সেদিনটা ছিল বড়ই ঝড় বৃষ্টির দিন। স্নিগ্ধা তার পরিবারের সাথে বাড়িতে বসে খুব গল্প করছে কারন বৃষ্টি পরছিল বলে আজকে অফিসেও ছুটি পেয়েছে সে। আজকের ছুটি স্নিগ্ধা বড়ই উপভোগ করছে কারন এমন সুন্দর ছুটি সে চট করে পায় না। কিন্তু ছুটি উপভোগ করার মজাটাই মাটি হয়ে গেল যখন হঠাৎ লোডশেডিং হয়ে গেল।

"যা !! যা !! এটা কি হল এই গরমে এই ভর সন্ধ্যেবেলা লোডশেডিং হয়ে গেল", স্নিগ্ধার মা বলে উঠল।

সেদিন ঝড় বৃষ্টি হচ্ছিল ঠিকই কিন্তু কেমন যেন এক অস্থিরতা ভরা গরম ছিল সারাদিন। সবাই তাড়াতাড়ি করে মোমবাতি নিয়ে ঘরে একসাথে বসল। স্নিগ্ধা তার মাকে বলল "মা এই অন্ধকারে তো তুমি এমনিও কিছু রান্না করতে পারবে না, যতখন আলো আসছে না ততখন আমাদেরকে একটা তোমাদের সময়ের লোডশেডিং-এর গল্প বলো না মা, খুব গল্প শুনতে ইচ্ছে করছে, বলো না মা"।

স্নিগ্ধার মা বলল "শুনবি তোরা গল্প ??"

সবাই উত্তেজনায় হ্যা বলে উঠল। তখন স্নিগ্ধার মা বলল "তালে শোন লোডশেডিং দাদুর কথা"।

স্নিগ্ধার মায়ের নাম ইন্দু। ইন্দু শুরু করল গল্প বলা

ইন্দুর পাড়ায় থাকত লোডশেডিং দাদু। আগের সময় প্রায় দিনই লোডশেডিং

হত। আর লোডশেডিং হলেই ইন্দু ও তার বন্ধুরা চলে যেত লোডশেডিং দাদুর বাড়িতে। লোডশেডিং দাদু তাদের জন্য গরম গরম চপ আর মুড়ি হাজির করে রাখত। ইন্দুরা সবাই আসবে আর বসে বসে চপ মুড়ি খাবে আর সেই চপ মুড়ি খেতে খেতে তারা তাদের লোডশেডিং দাদুর কাছে গল্প শুনবে, গরম গরম চপ ভেজে দেবে লোডশেডিং দাদুর বউ। এই ভাবেই খুব আনন্দে কাটত ইন্দুদের লোডশেডিং, তাই লোডশেডিং হলেই তাদের ভারী মজা হত। এরকমই একদিন লোডশেডিং হয়েছিল, ইন্দু ও তার বন্ধুরা লোডশেডিং দাদুর বাড়ি যায় কিন্তু গিয়ে দেখে লোডশেডিং দাদুর বাড়িতে তালা ঝুলছে তারা সবাই ভাবে দাদু হয়তো গেছে কোথাও গেছে পরে চলে আসবে। কিন্তু লোডশেডিং দাদুর আর ফেরা হয়নি।

পরদিন খবর পাওয়া গেল লোডশেডিং দাদু কাউকে না জানিয়ে সারাজীবনের জন্য নিজের ছেলের কাছে চলে গেছে থাকতে। আর কোনোদিনও ফিরবে না লোডশেডিং দাদু এই পাড়ায়। লোডশেডিং দাদু সব থেকে বেশী স্নেহ করত ইন্দুকে, ইন্দুকেও না বলে পাড়া ছেড়ে চলে গেল দাদু, এই ভেবে ইন্দুর বড় অভিমান হয়েছিল। তারপর থেকে কোনোদিন লোডশেডিং হলে ইন্দুর পছন্দ না কারন ইন্দুর মনে পরে যায় তার সেই লোডশেডিং দাদুর কথা।

গল্পটা ইন্দু শেষ করতে না করতেই আলো চলে এলো। মায়ের গল্পটা শুনে স্নিগ্ধার মনটা একটু বিশাদাচ্ছন্ন হয়ে গেল ঠিকই, কিন্তু ইন্দুর মনটা একটু হালকা হল পুরোনো স্মৃতিচারনা করে কারন লোডশেডিং দাদুর কথা তার আজও মনে পরে।

12

আকাশ ছোওয়ার পথে

ছোটো থেকেই মধুমিতা ছিল অনেক একটু কাচা কিন্তু তার চোখে ছিল অনেক বড় বড় স্বপ্ন। বরাবরই তার ইচ্ছা যে সে এই শহরের বাইরে গিয়ে পড়াশোনা করবে,কিন্তু সেরকম পড়াশোনা করার জন্য তো বুদ্ধির প্রয়োজন কিন্তু এত বুদ্ধি মধুমিতা পাবে কোথা থেকে,ভাবে ছোট মধুমিতা,কারন তাকে তো সবসময় তার বাবা দাদা জ্যাঠা জ্যেঠি সকলে বলেছে "মধুর দ্বারা কিছু হবে না,যা কাচা অনেকর মাথা"।খারাপ লাগে ছোট মধুমিতার,তখন তার মা বলে "দুঃখ পাস না,আমি জানি তোর ক্ষমতা আছে,তুই পারবি!!"।মায়ের সেই কথাগুলো চেতনা জাগিয়ে দেয় ছোট মধুর মনে ,তার মনে জোড় আসে কিছু করে দেখানোর।

ছোট মধু এখন বড় হয়ে গেছে,উচ্চমাধ্যমিক পাশ করেছে সে,রেজাল্ট সে এখন ভালোই করে কিন্তু বাড়ির লোকের এখনও একই ধারনা "মধুর দ্বারা কিছু হবে না" অনেকগুলো কলকাতার ভালো কলেজে আবেদন দিয়েছে, শুধু কলকাতার নয় ব্যাঙ্গালোরেরও একটি তার পছন্দ মতো কলেজে সে আবেদন জানিয়েছিল।

একদিন সকালে সবাই জলখাবার খাচ্ছে ঠিক এমন সময় মধুমিতার ফোনে একটি মেইল ঢোকে,সেই মেইল আর কেউ নয় মধুমিতার সেই ব্যাঙ্গালোরের পছন্দের কলেজ থেকে মেইল এসেছে মধুমিতার সেই কলেজে পড়ার আবেদন তারা গ্রহন করেছে এই দেখে মধুমিতার মনে বাদ ভাঙা আনন্দ,যখন সে

তার পুরো পরিবারকে বলে তারা খুশির থেকে বেশী হতচকিত হন মধুমিতা শহরের বাইরে পড়ার সুযোগ কি করে পায় কারন তাদের মতে তো মধুমিতার দ্বারা কিছু হবে না। কিন্তু মধুমিতা সকলের এই ধারনা ভেঙে দিয়ে নিজের আকাশ ছোওয়ার স্বপ্ন সফল করার পথে বেড়িয়ে পড়ে।

সে যখন প্লেনে বসে আকাশের পথে ব্যঙ্গালোরের দিকে রওনা দিয়েছে তখন যখন সে আকাশ ভরা তুলোর মতো বাদলগুলোকে দেখে তখন মনে মনে ভাবে যে সে পেরেছে সকলের ভুল ধারনাকে ভেঙে নিজের আকাশ ছোওয়ার পথে সফল হতে।

13

ঠাকুমার ভালোবাসা

দিনটা ছিল শীতকালের এক দিন,মানু আলমারী থেকে শীতের সব পোশাক বার করছে কাচতে দেবে বলে।এমন সময় সে খুজে পায়ে তার ছোটবেলার একটা সোয়েটার যা কিনা মানুর ঠাকুমা নিজের হাতে বানিয়ে দিয়েছিল মানুকে,যেটা মানু আজও রেখে দিয়েছে যত্ন করে, আর রাখবে নাই বা কেন এই সোয়েটারের সাথে তো জড়িয়ে আছে তার অনেক স্মৃতি,বিশেষ করে তার ঠাকুমার স্মৃতি।

মানুর চোখের সামনে ভেসে উঠল সমস্ত ছোটবেলাকার স্মৃতি বিশেষ করে তার ঠাকুমার স্মৃতি।মানুর ঠাকুমা ছিল মানুর সব থেকে কাছের মানুষ।মানুর আবদার আহ্লাদ সবই তার ঠাকুমাকে জুড়ে।যখনই মানুর কিছু দরকার পড়ত,মানু দৌড়ে চলে যেত তার ঠাকুমার কাছে আর পেছন থেকে জড়িয়ে ধরে আবদার করত, আবদার করার সঙ্গে সঙ্গে মানুর ঠাকুমা তার আচলের মুঠো থেকে টাকা বার করে দিতো যা সবসময় মানুর প্রয়োজনের চেয়ে বেশীই থাকত আর মানু চলে যেত তার মনের মতো জিনিস কিনতে।মানু আচার খেতে বড় ভালোবাসত তাই তার ঠাকুমা নানানিধি আচার বানিয়ে রাখত মানুর জন্য।মানু দুপুর হলেই বসে বসে সেই আচার খেত আর নানারকম গল্প শুনতো তার ঠাকুমার কাছে।

আজ অনেক বছর হয়ে গেছে মানুর ঠাকুমা ইহলোক ত্যাগ করে পরলোক গমন করেছেন।মানুর বিয়ের তিন বছর পরই তার ঠাকুমা সকল মায়া

কাটিয়ে পরলোক গমন করেন। মানুর ঠাকুমা আজ আর নেই কিন্তু রয়ে গেছে অনেক আনন্দের স্মৃতি যা আজও মানুর মুখে এক গাল হাসি ভরিয়ে তুলতে ব্যার্থ হয় না।

হঠাৎ একটা জিনিস পরে যাওয়ার শব্দে অতীতের স্মৃতিগুলো থেকে মানু চলে এল বর্তমান জগৎে। তার সেই ছোটোবেলার সোয়েটার সে আবারও যত্ন করে রেখে দেয় আলমারিতে তার সাথে তার ঠাকুমার স্মৃতি গুলোও।

নটে গাছটি মুড়ালো
ঠাকুমার গল্প ফুরালো।

14

জীবনে আলোর প্রকাশ

আজ দত্ত বাড়িতে সারা বাড়ি জুড়ে আলো ঝলমল করছে। দেখে মনে হচ্ছে যেন আলোর হাট বসেছে, অবশ্য হবে নাই বা কেন বাড়ির ছোটো মেয়ের বিয়ে বলে কথা। কিন্তু এত আলোর মধ্যে এই বাড়ির একজনের মনে বিষন্ন অন্ধকার ছেয়ে আছে, আবার বলা যেতে পারে এই আলোই তার মনে ঘনায়িত অন্ধকারের কারন। এই অন্ধকার আর কারোর না বাড়ির ছোটো মেয়ে মৃণালিণীর মনেই ঘনায়িত।

মৃণালিণী চায় না এই বিয়ে করতে কারন তার জীবনে একটা লক্ষ্য আছে, সে চায় নিজের পায়ে দাড়াতে। কিন্তু তার পরিবারের ইচ্ছা মৃণালিণীর বিয়ে হয়ে যাক, তাই তো আজ এত আয়োজন এত আলোর মেলা। আর এক সপ্তাহের মধ্যে মৃণালিণীর বিয়ে, কি করবে সে!!! কি করে এই অন্ধকারময় পরিস্থিতি থেকে বেরোবে সে!!! তবে কি সে তার বাবাকে গিয়েই বলবে, কিন্তু কি করে বলবে সে, তার বাবা তো মানবেই না তার কোনো কথা। তার এই কথা মানলে যে দত্ত বাড়ির মুখে চুনকালি পরবে। এই সব ভাবতে ভাবতেই একটা দিন কেটে গেল, হাতে আর মাত্র ছয়টা দিন যদি এখনও সে না বলে কিছু তালে এই খুশির আলোর মধ্যেই হারিয়ে যাবে তার ভবিষ্যৎের আলো। এই সব ভাবার পর এইবার সে সাহস জোটালো নিজের মনের মধ্যে পরিবারের সম্মুখিন হওয়ার জন্য।

সবাই দুপুরে খেতে বসেছে ঠিক এমন সময় মৃণালিণী বলে-"আমি এই বিয়ে

করতে চাই না বাবা, আমি পড়তে চাই আরো এবং নিজের লক্ষ্যের দিকে এগিয়ে যেতে চাই"। এই শুনে সারা বাড়ি শোরগোল পরে গেল,কিন্তু শান্ত রইলেন একটি ব্যক্তি মৃণালিণীর বাবা। মৃণালিণীর বাবা মৃণালিণীকে তার ঘরে ডেকে পাঠালেন এবং সব কিছু পরিস্কার করে জানতে চাইলেন। সব কিছু শোনার পর তিনি সাথে সাথে এই বিয়ে ভেঙে দেন এবং বলেন- "আমার কাছে আমার মেয়ে আগে তারপরে বাকি সব, এই বিয়ে দিলে তো তুই খুশি হতিস না তালে আগে বলিসনি কেন, আমার অজান্তে আমি তোকে অন্ধকারে ঠেলে দিচ্ছিলাম। যা মা নিজের লক্ষ্যের দিকে এগিয়ে যা আমি তোর সাথে আছি"।এই শুনে মৃণালিণী বুকে বল পায়ে।এখন দত্ত বাড়ির আলোর হাট আর নেই কিন্তু মৃণালিণীর জীবনের অন্ধকার দূর হয়ে আলোর প্রকাশ ঘটেছে পুনরায়।

www.ingramcontent.com/pod-product-compliance
Lightning Source LLC
Chambersburg PA
CBHW020851160726
47993CB00004B/1610